Inspiran mi vida:
Agustín es mi zorrino "sabe de todo"
Milagros es mi tía Paquita "cocina los mejores besos"
Santino es mi oveja "aparece en los sueños"
Y la magia del bosque comienza...

Colección Luna de Azafrán

Dirección editorial y edición: Norma Huidobro
Diseño: Jaquelina Romero

www.delnaranjo.com.ar

© 2013, Del Naranjo S.R.L. Derechos reservados. Hecho el depósito de ley.
Impreso en la Argentina. Prohibida la reproducción total o parcial por cualquier medio.

Esta edición se terminó de imprimir en marzo de 2019 en Triñanes,
Ciudad Autónoma de Buenos Aires, Argentina.

Romero, Jaquelina
  Lobo está? / Jaquelina Romero. - 1a ed . 5a reimp. - Ciudad
Autónoma de Buenos Aires : Del Naranjo, 2019.
  32 p. ; 21 x 23 cm.

  ISBN 978-987-1343-59-1

  1. Narrativa Argentina. I. Título.
  CDD A863.9282

Jaquelina Romero

Laura Aguerrebehere

¿LOBO ESTÁ?

del Naranjo

JUGUEMOS EN EL BOSQUE MIENTRAS EL LOBO NO ESTÁ

¿LOBO ESTÁ?

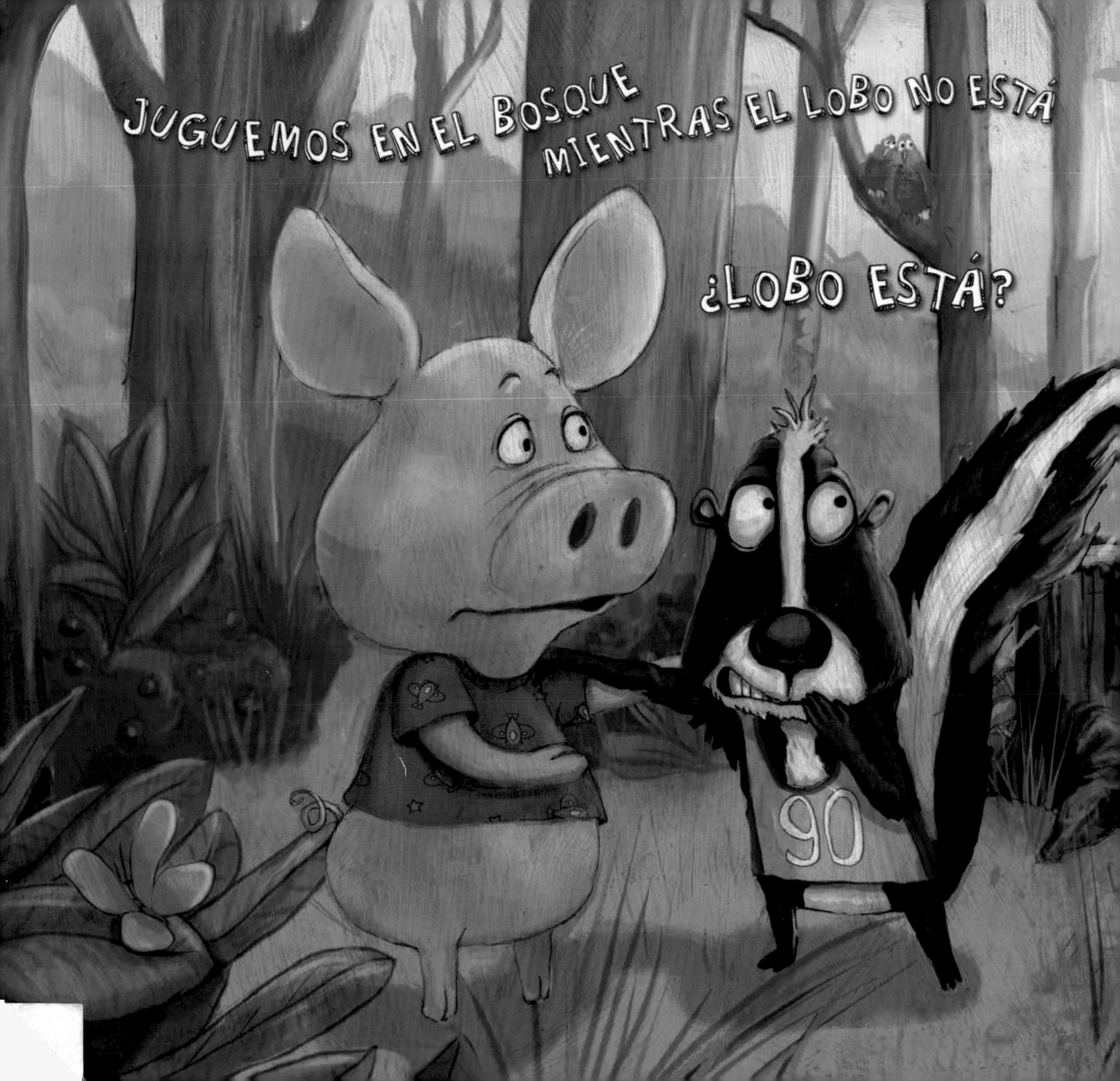

¡ESTOY TRATANDO DE LEVANTARMEEE...!

—UYYY, LO DESPERTAMOS
Y ESO LO PONE DE MUY MAL HUMOR.
¡ESTÁ ENOJADO! —GRITÓ EL ZORRINO.
—¿ESTÁS SEGURO? —DIJO EL CHANCHITO.
—SEGURÍSIMO. ES UN CASCARRABIAS.

JUGUEMOS EN EL BOSQUE
MIENTRAS EL LOBO NO ESTÁ.
¿LOBO ESTÁ?

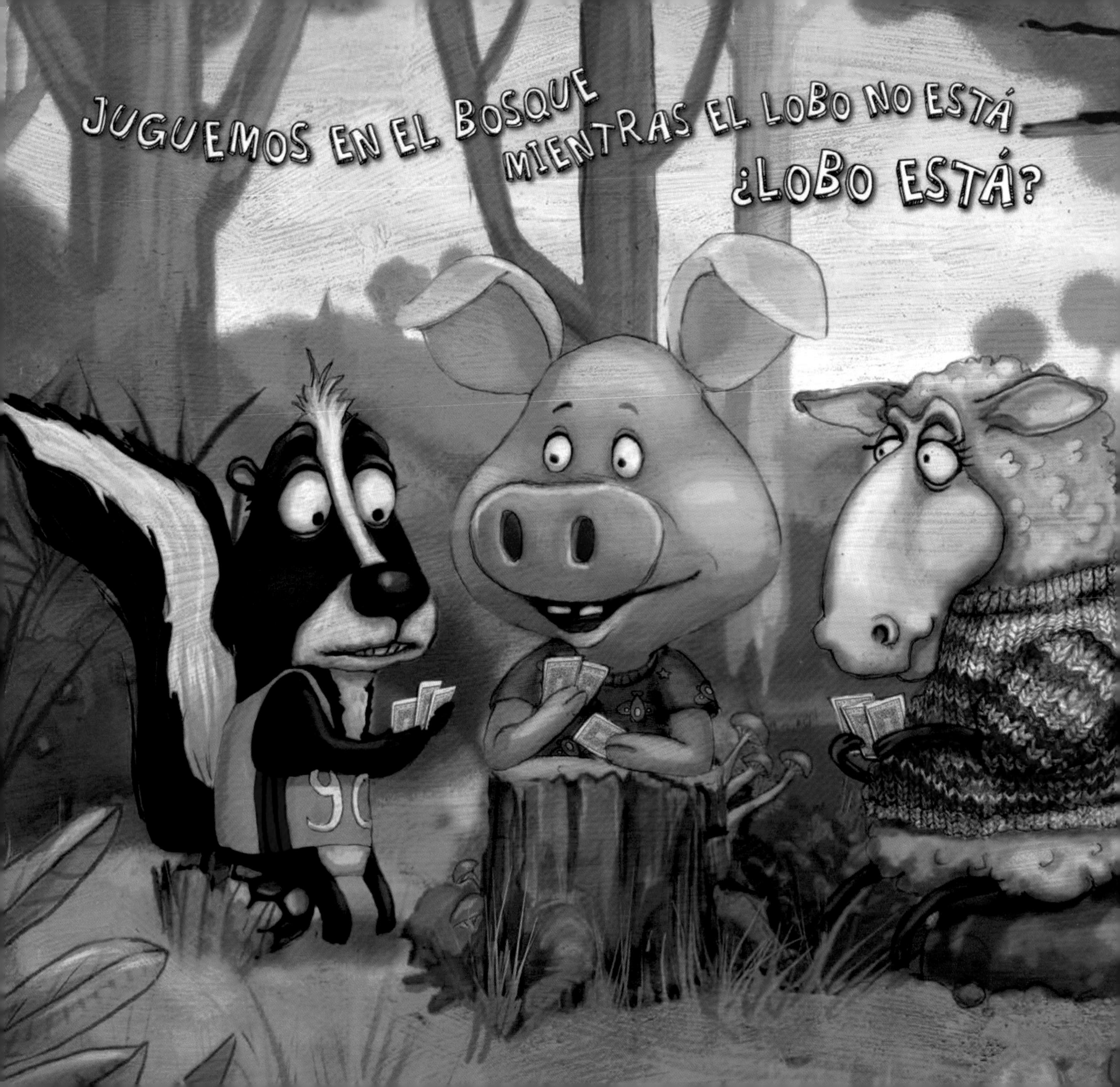

¡ME ESTOY LAVANDO LOS DIENTES!

—¡NO SABÍA QUE LOS LOBOS SE LAVABAN LOS DIENTES! —DIJO EL CERDITO.

—SÍ, SE HIZO UN ULTRA BLANQUEADO PARA QUE SUS DIENTES PAREZCAN MÁS BLANCOS Y FILOSOS.

—¿BLANCOS Y FILOSOS? ¿ESTÁS SEGURO, ZORRINO?

—SEGURÍSIMO.

—¡QUÉ DETALLISTA!

JUGUEMOS EN EL BOSQUE MIENTRAS EL LOBO NO ESTÁ

¿LOBO ESTÁ?

¡ME ESTOY
VISTIENDO!

—DICE QUE SE ESTÁ VISTIENDO, PERO...
¿ESCUCHASTE, CERDITO, LO QUE GRITÓ
ANTES? —DIJO LA OVEJA.
—CREO QUE DECÍA *PICA PICA PICA*.
—NOOOO, ESCUCHASTE MAL, DECÍA
PIZZA PIZZA PIZZA —DIJO EL ZORRINO.

—¿ESTÁS SEGURO? —PREGUNTÓ LA ARDILLA.
—SEGURÍSIMO.
—¡MMM...! ¡QUÉ RICO! —SE RELAMIÓ EL CERDITO.

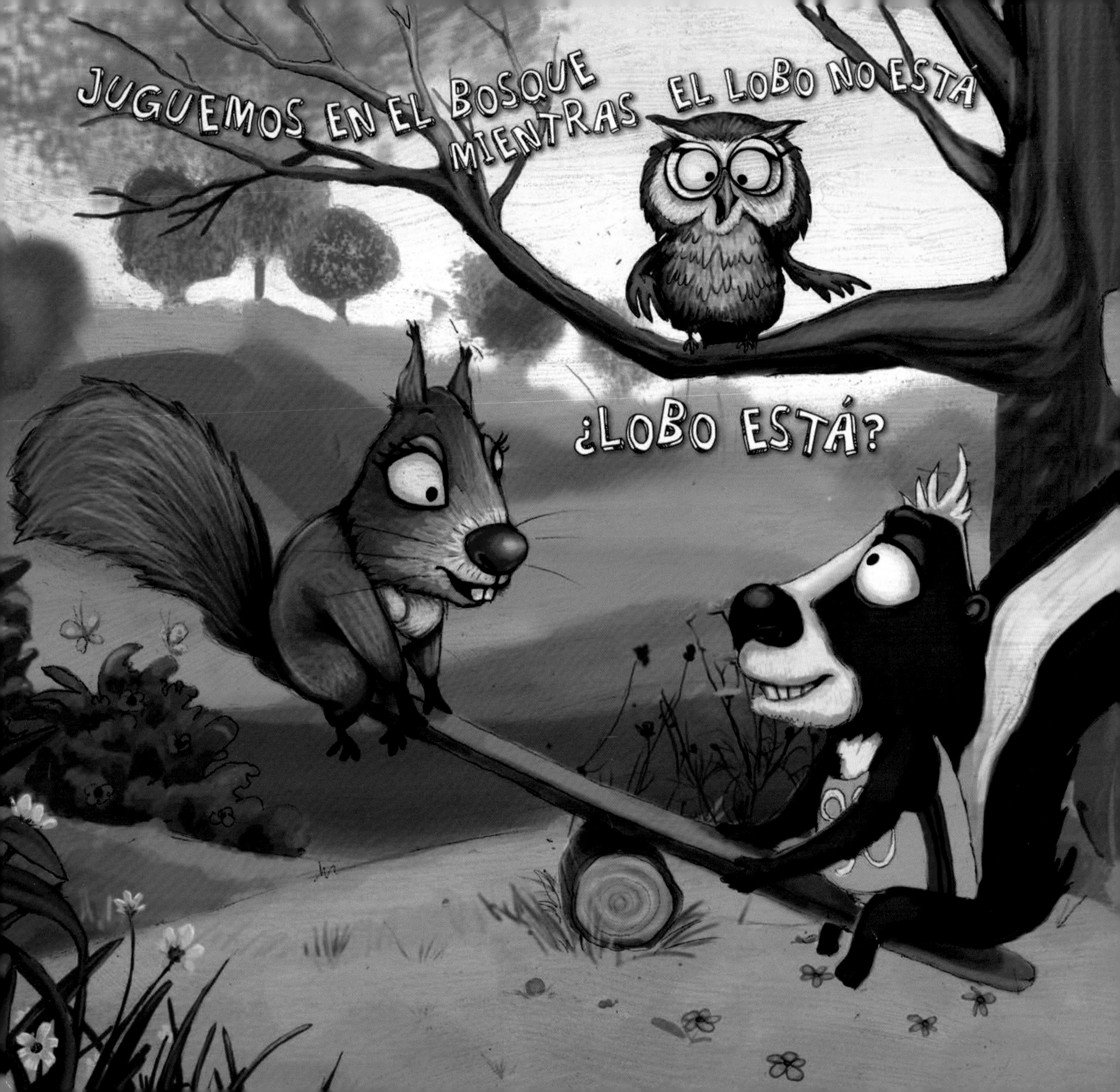
JUGUEMOS EN EL BOSQUE
MIENTRAS EL LOBO NO ESTÁ
¿LOBO ESTÁ?

¡ESTOY HABLANDO POR TELÉFONO!

—¿¿CÓMOOOO?? ¿LE PUSIERON TELÉFONO?
—GRITÓ LA LECHUZA DESDE UNA RAMA.
—SÍ, TAMBIÉN INTERNET CON BANDA ANCHA, CABLE
Y RADIO AM —LE RESPONDIÓ EL ZORRINO.
—¿ESTÁS SEGURO?
—SEGURÍSIMO.
—¡QUÉ MODERNO! —VOLVIÓ A GRITAR LA LECHUZA.

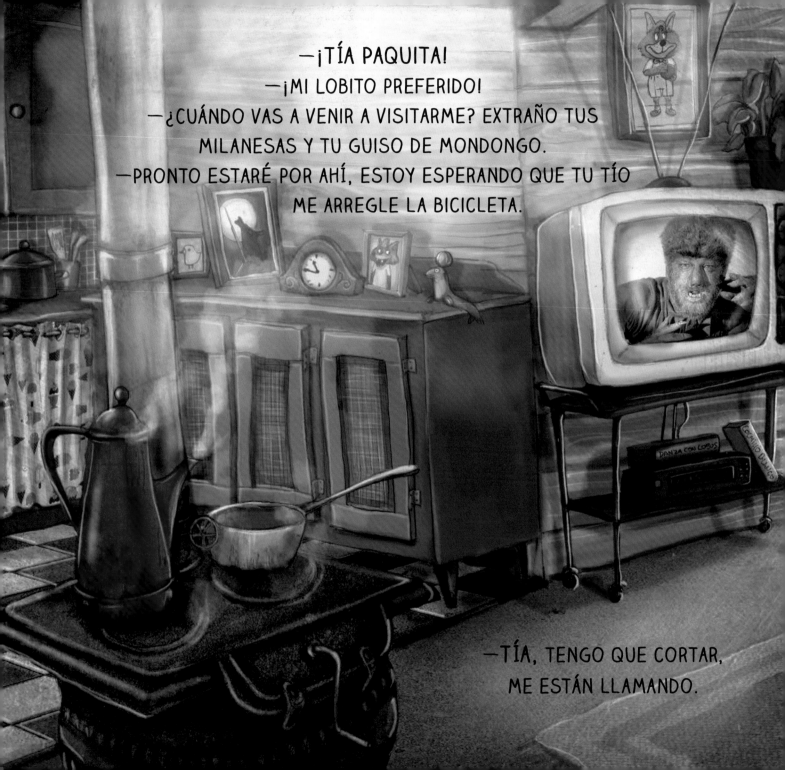

—¡TÍA PAQUITA!

—¡MI LOBITO PREFERIDO!

—¿CUÁNDO VAS A VENIR A VISITARME? EXTRAÑO TUS MILANESAS Y TU GUISO DE MONDONGO.

—PRONTO ESTARÉ POR AHÍ, ESTOY ESPERANDO QUE TU TÍO ME ARREGLE LA BICICLETA.

—TÍA, TENGO QUE CORTAR, ME ESTÁN LLAMANDO.

JUGUEMOS EN EL BOSQUE
MIENTRAS EL LOBO NO ESTÁ
¿LOBO ESTÁ?

—ZORRINO, ¿DESDE CUÁNDO SE PEINA EL LOBO? —PREGUNTÓ EL CASTOR.
—DESDE QUE SE CREE FAMOSO.
—¿FAMOSO? ¿ESTÁS SEGURO?
—SEGURÍSIMO.
—¡QUÉ EXAGERADO! —GRITÓ LA LECHUZA DESDE SU RAMA.

—TODAVÍA NO ESTOY LISTO, TENGO QUE PASARME EL PEINE FINO PARA LOS PIOJOS, EL SECADOR DE PELO Y EL GEL PARA PARARME EL COPETE Y PARECER MÁS ALTO.

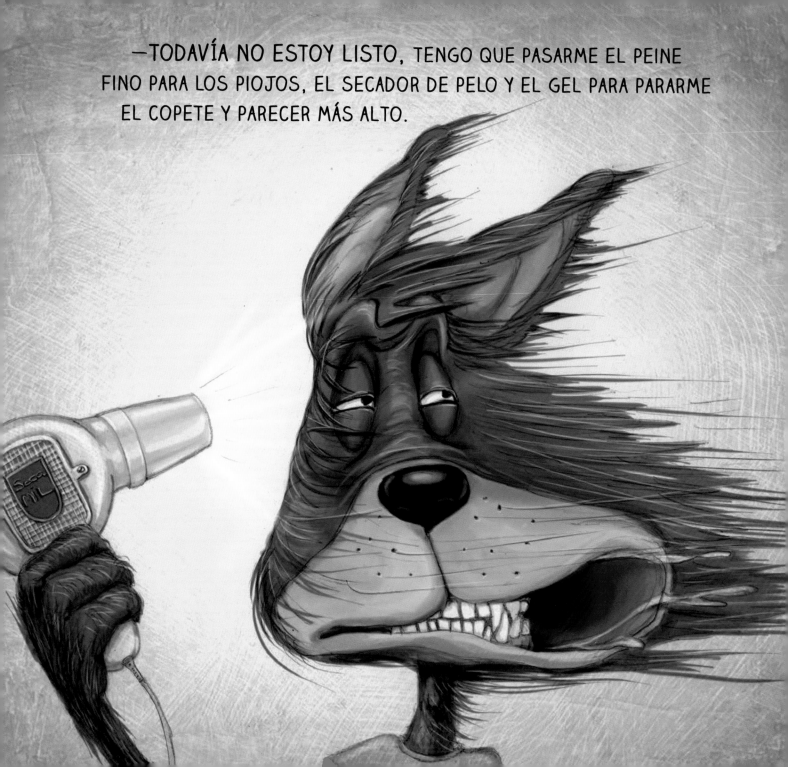

—DEBE DE ESTAR COMIENDO LA PIZZA. ¿TE ACORDÁS CUANDO GRITABA: ¡PIZZA, PIZZA!?

—NO CREO, ARDILLA, YO SIENTO OLOR A HUEVOS FRITOS, TOSTADAS Y SAHUMERIO DE FRUTOS DEL BOSQUE —DIJO EL ZORRINO.

—¿SAHUMERIO? ¿ESTÁS SEGURO? —INSISTIÓ LA ARDILLA.

—SEGURÍSIMO.

—MMM… ¡QUÉ AROMA! —SUSPIRÓ EL CHANCHITO.

—ME VOY A PREPARAR UN DESAYUNO LIVIANITO: TOSTADAS, HUEVOS FRITOS CON PANCETA, CHOCOLATADA Y LICUADO DE CIRUELA-KIWI-BANANA.

JUGUEMOS EN EL BOSQUE
MIENTRAS EL LOBO NO ESTÁ

¿LOBO ESTÁÁÁ?

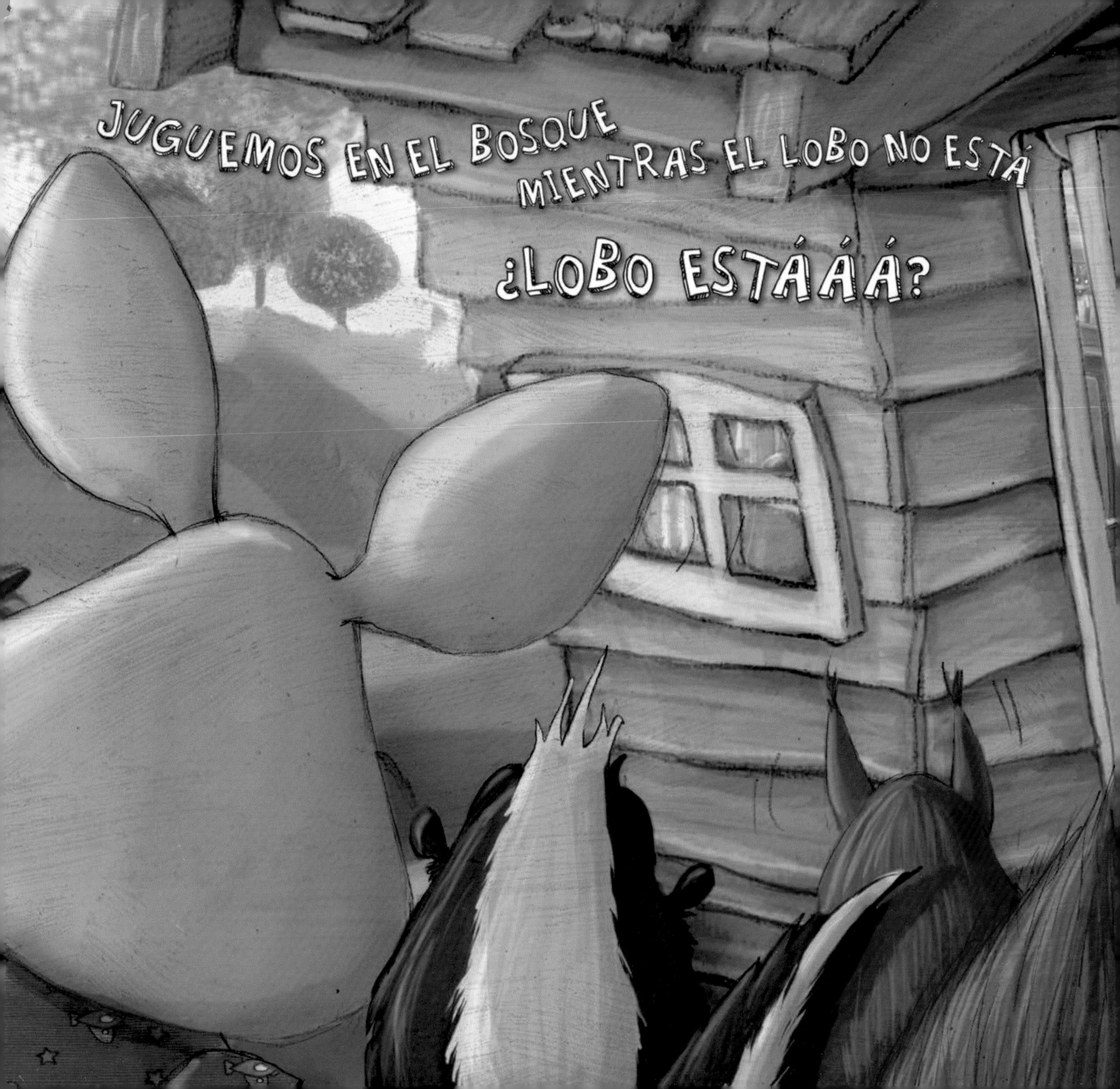